①

冒险故事图画书

Quest for the Golden Apple

异形村的孩子

[美] 梅根·米勒（Megan Miller）◎著

李昕恬◎译

时代出版传媒股份有限公司

安徽科学技术出版社

Quest for the Golden Apple by Megan Miller
Copyright © 2015 Skyhorse Publishing, Inc.
Published by arrangement with Skyhorse Publishing, Inc.
中文简体字版权归上海高谈文化传播有限公司所有

[皖] 版贸登记号：12171790

图书在版编目（CIP）数据

异形村的孩子 /（美）梅根·米勒著；李昕恬译 .—合肥：安徽科学技术出版社，2018.4（2019.6重印）
（我的世界·冒险故事图画书）
ISBN 978-7-5337-7541-4

Ⅰ.①异… Ⅱ.①梅…②李… Ⅲ.①儿童故事—图画故事—美国—现代 Ⅳ.①I712.85

中国版本图书馆 CIP 数据核字（2018）第 028704 号

WO DE SHIJIE MAOXIAN GUSHI TUHUASHU YIXING CUN DE HAIZI
我的世界·冒险故事图画书·异形村的孩子

[美] 梅根·米勒 / 著
李昕恬 / 译

出版人：丁凌云	选题策划：张 雯	责任编辑：郑 楠
特约编辑：张 倩 沈 睿	责任印制：廖小青	封面设计：叶金龙

出版发行：时代出版传媒股份有限公司　　http://www.press-mart.com
安徽科学技术出版社　　http://www.ahstp.net
（合肥市政务文化新区翡翠路 1118 号出版传媒广场，邮编：230071）
电话：（0551）63533330
印　　制：合肥华云印务有限责任公司　　电话：（0551）63418899
（如发现印装质量问题，影响阅读，请与印刷厂商联系调换）

开　本：700×1000　1/16	印张：6.5	字数：43 千字
版　次：2018 年 4 月第 1 版	2019 年 6 月第 6 次印刷	

ISBN 978-7-5337-7541-4　　　　　　　　　　定价：26.00 元

导读

　　如果你玩过《我的世界》这个游戏，那么你对这个游戏所创造的世界一定十分了解。这里的世界由可供采挖的方块组成，在游戏中玩家可以挖煤、挖土以及挖沙。游戏中有地牢和金字塔，还有骷髅、僵尸和村庄，村子里住着奇怪的光头村民。你以为你了解这些村民，但事实上你对他们知之甚少。这些村民称你为矿工，将你的世界叫作矿工世界。因为村民也有一个你永远无法进去的世界，那是一个独特、神奇的魔法世界。在魔法世界和矿工世界之间，村民们创造了起着保护作用的边界世界，就是为了避免矿工发现他们隐藏的魔法世界。

　　我们的故事，就是从这里开始的。位于边界世界的异形村里，住着一个与其他村民格格不入的小女孩……

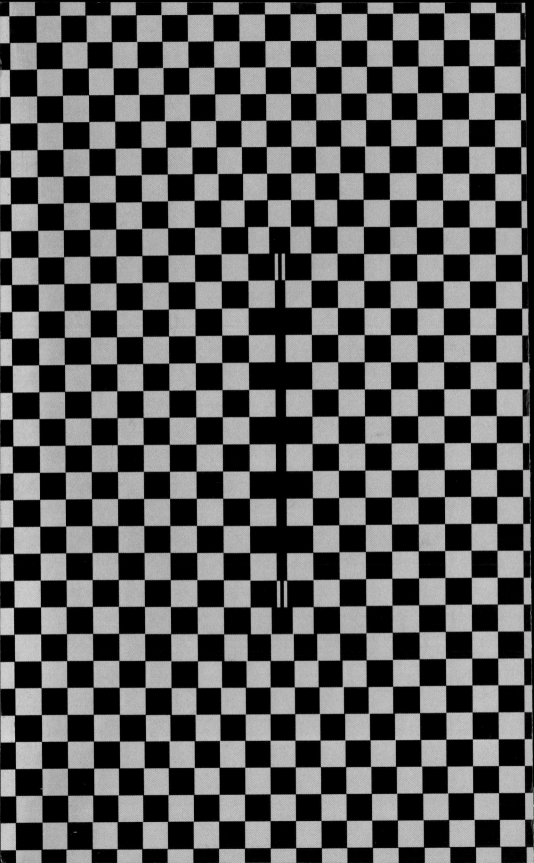

第一章

森林

呼哧呼哧！

快跑！

小凤?

你什么时候
回来啊?

嗨,小兔子!

要不要来根
胡萝卜?

沙沙

沙沙

谁在那儿?

喵喵?

呼，终于把它们甩开了。

它们是什么生物？

怎么会知道我不是村里的？这可不妙。

我得回家。

小扎？

小扎？

还是谢谢你，小扎。

他可能觉得无聊，所以先回家了。

嘎呜呜呜！

啊！

是你吗，
小扎？

嘎呜呜呜呜！

啊！

昔。我本来只想好好散个步，没想到变成了这么倒霉的一天。

都怪我坏了
规矩，

把小扎弄丢了……

还差点儿被僵尸
杀了。

嘎呜呜呜！

嘎！

竟——竟——然是小扎！

原来僵尸是小扎！

第二章

遥远的世界

当时我们刚举行完第五届绿宝石仪式。一开始，我们可以去到主管员创造的其他村民世界里。

那里很美妙。

也很危险。

不过，一切都充满了魔力。

所以你们俩也跟其他村民一样，都没有头发？

没错。

接着，我们被派到了矿工世界。

23

我们的村子离矿工的镇子并不远。我们在那儿生活了差不多一年，一切都还不错。

突然有一天，一伙矿工来了。

有人推倒了我的墙。有人搞破坏！

我得找他们算账！

闭嘴，讨厌鬼12号，谁会给你搞破坏，别大惊小怪了。

是啊，别犯傻了，讨厌鬼12号。

整大一惊一乍的。

回去工作吧！

轰隆！

暴风雨要来了！

快点！快去屋里！

轰隆！

不，这不是暴风雨，来的是一个——

是一个凋灵！

天哪！竟然有三个凋灵！

砰！

砰！

砰！

凋灵正在破坏矿工的镇子。

矿工一直在战斗，最后只剩下一个凋灵了。

嘿，看这里！

不好！他要把凋灵引到村子里去。

跟我来啊，凋灵！

27

达蒙，我们什么时候告诉她，她没办法参加绿宝石仪式？

我是与众不同的，我肯定是个矿工。

我先和族长谈谈吧。如民们不能改变对小凤的态也许我们可以换个地方。

换个地方，你当这是儿戏吗！

自由！探险！怪不得我一直这么想看看村外的世界。

难怪我想看看森林呢！

因为我就是从外面来的。

好困。

那是欧奶奶！
我去去就回。

第三章

決定

不可能！

怎么会呢！

那是他的衬衫。

守卫，把他绑起来。

把他带到监狱去，今晚先把他关在那儿。

监狱空置了好多年了。

达蒙，我们早上再谈。

41

西西——西——西——西——西——

西西——

西西——

是西西小姐。西西，小姐。也可以叫我西西女巫。你能不能——

别再搞错了？！

西西——

好了，叫我夫人吧。这样叫你会了吧？

明白！夫人！噢，夫人！

好吧，进来吧，阿密。

人，你肯青不到我们看、看到了什么。

什么，一只小兔子？一只小绵羊？啊？

夫人，你马上就能心、心、心想事成了。

直接说，别拐弯抹角。

我们、看、看到了，嗯，一个女孩。

你这个口吃的叶子，一口气把话说完。

她、不、不、不是……

她是个矿工。

一个矿工！

你是说矿工？你确定？

当然了，那不是很明显吗？

对，很明显，没错。

显而易见。

你这个傻瓜，明显在什么地方？！

村子里只要有人进出，你们就得跟我汇报！听到了吗？

遵命！

如果那个小女孩再出来，你们得确保她毫发无损。我要她活着！

如果那个女孩真是个矿工，么主管员很快就会知道了！

这个边界世界就会变成矿工世界，

我就可以毒死、吃掉很多很多矿工了。

我会安然无事地离开这片沼泽。他们肯定会后悔把我流放到这个讨厌的地方来。

我想要看看森林，看看自己到底有没有矿工的那种勇气。原来我就是个胆小鬼。

小扎本来应该是在墙里的。

他肯定是走到墙外面就被僵尸抓住了。

我知道，这一切都怪我。

但是我们可以救他，对吗？

当然了。族长或是奶奶那里的金苹果以救他。

你现在得睡上一觉。

啊！

没关系，你就是做了个噩梦而已。

我去了森林，我再也不想去了！

你不会再去了。

小扎？

小扎，对不起。我一定会想到办法的。

你在吗？

嘎！

都怪我！

嘎呜！

结实的弓，信得过的箭。

爸爸妈妈：
我去给小扎找金苹
果了。

爱你们的，
小凤

小扎，我会把金苹果
带回来的！

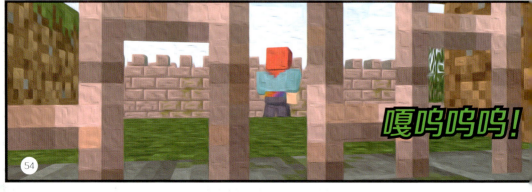

嘎呜呜呜！

第四章

隐士

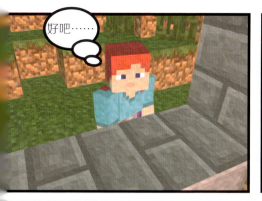

看起来挺安全的，对吧？

没有僵尸，希望吧。

沙沙

咔嚓

阿芬，嘘！

你这样很吓人！

嘘！

对、对不起。

呼哧、呼哧！

什么声音？

啊！

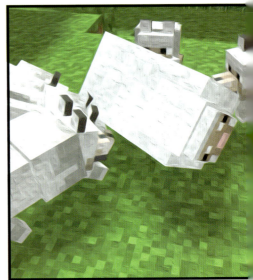

嗷！

不想见什么就来什么……

一群饿狼！

快点儿！我们得加快速度！

前面肯定就是河了！

但是桥坏了，没法过去了！

呼！

噗！

呼！

她肯定是去找住在山涧那边的隐士了。

山涧。

她手里的肯定是以前的地图，新建的桥在上、上、上游。

呼！呼！

那群狼还跟着我。

他在睡觉，我还是别打扰他了。

我可以在这儿睡一觉。

呼呼……

呼呼……

什么人？

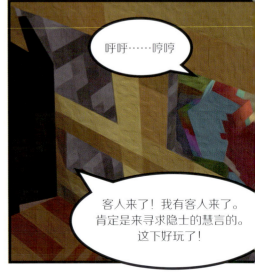

呼呼……哼哼

客人来了！我有客人来了。肯定是来寻求隐士的慧言的。这下好玩了！

67

嗯，隐士先生？

我来这儿，是欧奶奶说……我需要找一个金苹果。

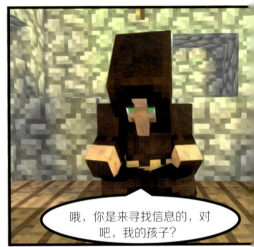

哦，你是来寻找信息的，对吧，我的孩子？

对，是的。

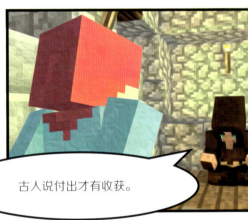

古人说付出才有收获。

你还傻站着干什么？

去矿井下给我拿块鹅卵石。

什么？

没拿到鹅卵石就回来。

这肯定是聪明的隐士对我的考验。

她在干吗?

铲东西。
真奇怪。

呼!

好了!

隐士先生,你的鹅卵石!

现在,从土豆地里把毒土豆给我拿过来。

遵命,先生。

都不是毒土豆!

她现在开始选土豆了。

最后选了个绿土豆。

隐士先生，毒土豆！

你最后的任务是给我收集一百只鸡的羽毛！

哦，那好吧。

给我收集十只鸡的羽毛。

这儿根本没有一百只鸡！

第二天一早

我原以为隐士可以帮我救回我弟弟呢。

怎么了?

嘘,我听不见了!

但没想到,隐士竟然是个小屁孩。

我能帮你。

你能?

你需要金苹果和一剂虚弱药水。

虚弱药水?

对,服用药水后五分钟内,僵尸就得吃下金苹果,不然苹果就没用了。

怎么才能得到药水?

你需要用蜘蛛的眼睛、糖和蘑菇来调制。

那我从哪里弄金苹果呢？

这是个秘密。你能保证不告诉任何人吗？

什么？还、还是听不到啊！

我发誓。

从这儿往北走有个修道院，那里种着金苹果。

太好了！

嘘！

我怎么去呢？

你需要沿着河往上游走。我会告诉你方向的。

沿河往上走？我们得告诉夫人。

要不要带点懒蛋蛋？

再来点烤面包？

第五章

狼

你沿着河走，一直走到冰山下。冰山上的小道就是通往修道院的路。

别跟任何人提起修道院，你能发誓吗？

我发誓。

再见！对了，谢谢你！

小事一桩。

马上就到河边了。希望那群狼都走了。

哈啾

别跟着我了！

哈啾

别跟着我了！听到了吗，快回去！你的家人在找你！

快回去！回到山涧那儿，不然你的家人就找不到你了！

呼。他总算回去了。

夫人！夫人！

你们回来干吗？
你们应该去监视村子！

我们的确在监视村子！

但是那个女孩出来了！

女孩出来了？
你们怎么没跟着她？

是不是觉得没有胳膊活腻了？好，那我······

什么声音？

是骷髅！

路被堵住了。

你安全了!

谢谢你，小狼。

我可以用我的镐把这些石头挖开。

嗷?

汪?

来吧，跟我一起走吧。

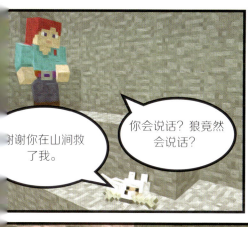

谢谢你在山涧救了我。

你会说话？狼竟然会说话？

我们想说话的时候就可以说话。

不过一般我们都不说。

难道你不担心你家人在找你吗？

他们没有回山涧找我，肯定是离我而去了。

他们之前一直追我追到了那儿。

我们以为你是个猎人，才跟着你的。

难道你现在不想去找他们吗？

其实，我有点胆小，不像他们那么凶猛。

好吧，我懂了。

今晚我们可以睡在这儿。

⌇打哈欠⌇

狼儿？

我能这么叫你吗？

当然了。

你在做什么，狼儿？

哦，我在保持警惕，万一怪物来了怎么办。

第六章

改道

救命！我摔倒了！

哦，谢谢，亲爱的！

我家就在附近。

我肯定是吓晕了。有个僵尸在追我！

哇。我知道僵尸追很吓人！那后来怎么样了？

什么？

僵尸！它没追上你吗？

当然没有了。不知道它被什么吓跑了。我也不清楚。

有了金苹果，我就能拥有凋灵的力量！我可以晚点再抓这个女孩。反正管理员会把这儿变成矿工世界，到时候这里就全是矿工了。

我好像听到谁说了金苹果？

没，没有！

抱歉，我的听力不好。

毕竟，只有金苹果才能让僵尸村民恢复。

不过，你首先得有虚弱药水，但是虚弱药水很难做。

但是我有很多，这就是虚弱药水，不知道你们是否需要！

噢，不！

对了，不好意思，蘑菇汤炖坏了。

96

真抱歉，
我什么也没弄好，
汤都烧糊了。
你们得走了。

快走吧！
走吧、走吧！

好吧，
这实在是……

太奇怪了！

不过，她竟然有虚弱药水。

首先，我得派苦力怕们
重新回到河边。

阿密！

夫人？

计划有变。